Oma Alamo

*Ingrid van der Kallen*

# Oma Alamo

lannoo

a. Het oude zielige huisje
b. De paardenstal van Olly
c. De pruimen-, de peren- en de kersenboom
d. De groentetuin
e. De regenton
f. 3 witte schapen met zwarte poten
g. 1 zwarte geit met witte poten
h. Distels en doornen
i. Het hout dat oma Mo net heeft gehakt

## O m a  M o

Hoog op de heuvel stond een huisje. Het was het huisje van oma
Mo. Zij was niet lief. Ze was zelfs geen echte oma. Toch noemde
iedereen haar zo. Oma Mo. Zomaar. Het huisje was een zielig ge-
val. Het leek of het huilde. Help mij! Ik sta hier zo alleen. Straks
blaast de wind mij nog weg!

Oma Mo was niet zielig. Ze was altijd bezig. In april zaaide ze zaad, in juli plukte ze kersen, in augustus pruimen en in september peren. Ze zorgde voor haar paard, schapen en een geit. Een appelboom had ze niet en ook geen kippen. Daarom breide ze in de winter de warmste sjaals en mutsen. Die verkocht ze in het dorp voor een appel of een ei.

Klaartje Knip had ook zo'n kriebelsjaal van oma Mo. Eentje die stom stond bij haar jas. Die moest ze aan op een dag als vandaag. Een 'door-weer-en-wind-dag'.

Ze hield haar handen diep in de zakken van haar jas. De wind blies in haar gezicht. Ze moest nog naar de Anjelierstraat. Mevrouw Knol wilde een bloemkool en zij wilde een foto van het lachende gezicht van mevrouw Knol. Klaartje maakte overal foto's van. Van leuke dingen, van nare dingen en van hele gewone dingen.

Een potje gouden regen
3 juli

Een potje gouden regen
4 juli

Hotel Kaatje aan de sluis
11 mei

De allerfijnste foto's waren die in haar blijegezichtenboek. Daarin stonden alle mensen die ze blij had gemaakt.

Een lach voor:
Het halen van 1 kilo kersen
Mevrouw Bes
10 april

Het maaien van mijn gras
Meneer Bol
27 juli

Het wassen van mijn auto
Joost Kapri
2 januari

Een lach en een potje
gouden regen voor het
passen op onze Bremmetje
De familie Brem
3 juli

Wat het ook was, wie het ook was en wanneer het ook was, Klaartje stond klaar.

Ze had van iedereen uit het dorp een blije foto. Van bijna iedereen, maar niet van die gekke vrouw op de heuvel. Oma Mo. Die mocht je niet helpen. Nooit! Niet in de groentetuin, niet met de kersen, niet met de pruimen, niet met de peren. Niet bij het melken, niet bij het scheren. En zelfs niet met het borstelen van het paard. Oma Mo deed altijd alles alleen!

Op straat lag een plas. Die plas was net zo grauw en grijs als de lucht. Klaartje keek omhoog, naar de groene heuvel. Wat stond daar? Een bordje. Een bordje met een T.

Hoezo een T? Ze piekerde op weg naar de Anjelierstraat. Ze piekerde bij de groenteboer. Ze piekerde toen ze weer naar huis liep. Ze piekerde de hele dag. Ze piekerde de hele nacht. Wat betekent alleen een T?

Ze wist het zeker. Er was iets ergs gebeurd met oma Mo en zij moest haar redden.

Vroeg in de ochtend stond Klaartje op. Het was nog donker. Met een pannetje soep voor oma Mo, een wandelstok voor de heuvel en haar fototoestel voor 'je weet maar nooit', sloop ze naar buiten. De groene heuvel leek wel grijs. En helemaal boven was het zwart. Ze klom door modder en over stenen. Tussen doornen en distels. Nog hoger op de heuvel was het gras nat, het rook naar de nacht. Het was stil. Ze hoorde alleen de wind en het gesjompsjomp van haar voeten. Heel in de verte blafte een hond. Misschien was ze te vroeg. Of erger nog... te laat! Ze moest verder. Voor oma. Voor die arme, gekke oma. En voor de foto.
Wat was dat?

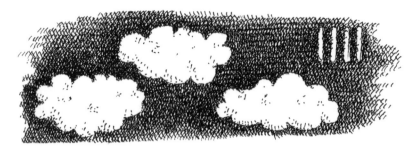

Daar zweefden vier witte schimmen. Ze hadden geen gezicht. Het waren de schimmen van het zwart.

'Fff, we komen voor oma, Klaartje', fluisterden ze. 'We komen ook voor jou.'

Klaartje deed een stap achteruit. Soep spatte uit het pannetje. De tomatenprut gleed langs haar wang. Ze merkte het niet. Haar benen groeiden langzaam in de heuvel. De schimmen dreven dichterbij.

'Ga weg!' snikte Klaartje.

'Beh!' zei de ene schim.

'Meh!' zei de andere.

Gelukkig, het waren de dieren. De schapen en de geit. Ze zag waar ze was. Boven op de heuvel, bij de pruimen-, de peren- en de kersenboom.

Klaartje zuchtte. Ze was veilig. Of toch niet…
In het donker leken de bomen reusachtig. Ze torenden boven haar uit. De wind raasde. De reuzen loeiden.
'Ga niet verder, ga niet verder, Klaartje Knip!'
Klaartje rende naar het huisje, maar de reuzen kwamen haar achterna. Ze zompten met hun enorme wortelvoeten door de groentetuin. Wat wilden ze van haar? De deur was open. Ze struikelde naar binnen. Pff, net op tijd! Ze smeet de deur dicht. Ze leunde tegen de kruk en hijgde. Het duurde even voor ze weer aan oma dacht. Wat zou die wel niet van haar denken? Ze was zomaar naar binnen gegaan. Dat was vast niet netjes. Waar was oma? Leefde ze nog? Het huisje zag er leeg en verlaten uit. De reuzen rammelden woest aan de deur. Ze sloegen met hun takken tegen het raam. 'Oma Mo!' gilde ze. 'Ik ben het, Klaartje Knip van beneden uit het dorp.'
'Schreeuw niet zo!' riep een stem van boven. 'Dat is heel brutaal!'
Klaartje kreeg een kleur. 'Oma Mo, is alles goed?'
'Zet maar T', zei een stem. 'Ik kom zo beneden.'

Een lach voor een kopje thee
oma Mo

Wilde oma Mo echt alleen maar thee? Was dat alles? In de kast
vond Klaartje een witbruine pot. Wit aan de buitenkant en bruin
vanbinnen. Bah, dat bruine goedje klotste. Het was koude thee. Er
moest heet water bij. Op de grond stond een pan met water. Dat
water kon ze koken. Maar hoe? Dan maar koud water in de pot. En
waar waren de kopjes? Ze zag ze niet. Ze plofte op een krukje en
zuchtte. Daar zat ze dan met haar potje koude thee.

Ze keek om zich heen. Er was niet veel in het huisje. Een ladder
dwars door het plafond. Een sofa met scheuren, een kleed vol
kruimels, een tafel met twee krukjes en een bruine kast met wel
honderd potjes met rode, gele en bruine drab.

Voor de open haard stond een spinnewiel. In een mand lagen knotten wol in rood, wit en groen.

Tok! Er drupte een druppel van het dak op de grond. Precies op de plek waar de pan had gestaan. O, het was een druppelpan! Snel zette Klaartje het ding terug op zijn plaats.

'Fff...' Ze blies in het stof op de tafel. Met haar wijsvinger schreef ze de V van vies.

Tok! Er viel een druppel op de grond. Ploink! Er viel een druppel in de pan.

Voorzichtig hing ze haar jas over een spijker. Een kapstok zag ze niet.

Tok! Ploink!

Ze pakte een schone zakdoek uit haar zak. Ze poetste de tafel en de twee krukjes.

Tok! Ploink!

Ze poetste alle potjes in de bruine kast. Behalve die op de bovenste plank.

Tok! Ploink!

Ze klopte het kleed en gaf twee zielige plantjes water.

Tok! Ploink!

Ze zette de pan met soep in de kast en maakte vier en een halve foto van het uitzicht.

knip!  knip!  knip!  knip!  knip!

Tok! Ploink!
Ze telde tot honderd, tot vijfhonderd, tot duizend. Duizend keer
Tok! Ploink! Oma Mo kwam niet...

'Oma Mo, de thee is klaar!' riep Klaartje onder aan de ladder.
Fie fie, floot de wind. Verder bleef het stil. Of toch niet. Er kwam
ineens een enorme herrie van boven.
Boem! Pets! Boem! Pats!
Ze hoorde nog iets. Geklos en gekletter, onverstaanbare woorden.
Wat was er toch met oma Mo? Klaartje klauterde omhoog. De
ladder piepte en kraakte.
Aan het einde van de ladder was een zoldertje met een deur. Een
enge 'kom binnen als je durft'-deur.

Ze durfde niet, maar ze moest. Oma was in gevaar. Daarbinnen gebeurde iets verschrikkelijks. Voorzichtig duwde ze de kruk omlaag. Ze keek door een kier.

'Nee! Oma, nee!' gilde ze.

Er rolde een monster naar buiten.

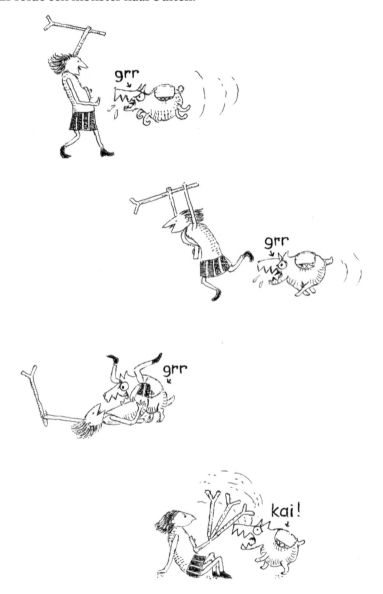

'Af!' riep oma Mo boven het kabaal uit. 'Kom binnen, meisje Knip! Daar ben je dan eindelijk!' Oma Mo danste door de kamer. Ze danste op vreemde muziek met woorden die Klaartje niet kon verstaan. Oma stampte met haar voet op de grond en klapte in haar handen. Boem! Pets! Boem! Pats! Ze schudde haar hoofd wild heen en weer. Haarslierten wapperden door de lucht. Klaartje had haar nog nooit van zo dichtbij gezien. Oma had een heuvelgezicht.

Oma Mo zette de muziek zachter.

'Ga zitten, kind, ik ben zo klaar.'

Klaartje kroop op een matras vol vlekken en trok een deken over zich heen. Oma Mo stond voor een grote spiegel. Ze keek blij naar zichzelf. Klaartje snapte er niets van. Oma had hangwangen, een puntneus en een scheve kin. En dan die kleren! Haar rode jurk had een gat bij de schouder. Je zag zo oma's bleke vel. Aan haar rechtervoet droeg ze een schoen. Aan haar linkervoet een slof. Wat deed die gekke vrouw? Ze pakte een donsje. Ze deed poeder op haar wangen, poeder op haar neus en poeder op haar kin. Poeder op een kreukelkop, wat had dat voor zin? Klaartje zuchtte. Nee, dit werd niet de fraaiste foto van haar blijegezichtenboek.

De muren waren net zo vrolijk als oma. Ze straalden met wel duizend foto's van steeds hetzelfde lachende hoofd.

Het waren er meer dan in haar hele blijegezichtenboek. Was het een meneer die vaak door oma was geholpen? Of was het zo'n meneer voor wie je poeder op je gezicht doet?
'Wie is die meneer, oma?'
'Ken je Alamo dan niet, kind?'

Oma schudde haar hoofd. Ze pakte een boek uit de kast. Het enige zonder stof. Het was een fotoboek. Vol foto's met vieze vingers en gekreukte hoekjes en allemaal scheef ingeplakt. Op iedere bladzijde lachte het hoofd.

De koning
van het
Franse
lied

Alamo in het
Olympia theater
in Parijs

Joei Alamo!

*la la la la pluie*

'*La la la la plwie!*' fluisterde oma Mo. 'Hij is de beste zanger onder de sterren.'

*ik en Alamo*

Er zat een lege plek in het fotoboek. 'Waar is die foto, oma?'
'Die is er niet. Daar komt een foto van mij en Alamo. Dat weet ik
zeker, meisje Knip.'

Oma bladerde door het boek. Klaartje gaapte. Het boek was veel te dik. Ze keek door het raam. Naar het paleis op de andere heuvel. Van hier uit kon je het prachtig zien. In dat paleis woonde prinses Katharina Adelbertha Klara von Pompoen. Ze was de aller-, allermooiste prinses onder de sterren. Ze had gouden haar en roze blosjes op haar wangen. Haar jurken schitterden in het paars, rood of groen. En haar schoenen, ze had vast wel duizend paar, glommen als goud.

Klaartje kende haar goed. Tenminste... Iedere zondag werd de prinses naar beneden gebracht, de heuvel af, voor thee met een bonbonnetje in dorpshotel 'Kaatje aan de sluis'. In de zomer dronk ze daar een kopje thee met een pink omhoog en in de winter met een pink omlaag. Als je veel geluk had, dan zwaaide de prinses als je voorbijliep. Klaartje liep altijd minstens tien keer voorbij. Na de thee en alle ooohs en aaahs van de mensen uit het dorp, droeg Doctor Andus Kromrug, een vriend van de prinses, haar weer naar huis.

Niecht zingen Andus, je kan het niecht!

La la la..?

De prinses was veel te bijzonder om zelf te lopen. Ze was zelfs te bijzonder om zomaar een foto te maken. Daar moest je wel iets heel bijzonders voor doen.

O, als Klaartje de prinses eens dragen mocht van het paleis naar het dorp of van het dorp naar het paleis... Dat zou pas echt een geluksdag zijn!

'Hé, Knipkind', zei oma Mo. 'Let eens op.'
Klaartje schrok. Ze stootte haar hoofd tegen een verrekijker. Die bungelde aan een touwtje voor het raam. Ze vond het een onbeleefd ding. Alles wat eigenlijk ver weg moet blijven kun je van heel dichtbij zien.
'Wat doet u daarmee?' vroeg Klaartje. 'U gluurt toch niet stiekem naar het paleis?'
'Daar heb jij niks mee te maken', zei oma Mo. 'En al was het zo, er valt niets te zien. Prinses Pompoen is de aller-, allerluiste prinses.

Die Doctor Andus Kromrug doet van alles en nog wat.'

'En de prinses doet niets en altijd hetzelfde.'

De prinses in april

De prinses in juli

De prinses in augustus

De prinses in september

'Het is een prinses van niks. En die Doctor Andus Kromrug is ook niet fris.' Hoe durfde die gekke oude vrouw! Klaartje wilde niets zeggen, want dat was niet netjes, maar de prinses en Doctor Andus Kromrug waren duizend keer beter dan oma Mo en haar vieze hondje. Ze zwaaide kwaad met haar wandelstok.

'Hoe heet dat hondje eigenlijk?'

'Wat denk je?'

'Hapkees, Kuitenbijter, Adolf...'

'Mis.'

'Alamo?'

'Weer mis. Dit is het hondje van Lichthart.'

'Het hondje van Lichthart?'

'Ja, dit hondje was vroeger van meneer Lichthart, maar die durfde er de straat niet meer mee op.'

'Waarom niet?'

'Je bent veel te nieuwsgierig, meisje Knip.' Oma zette de muziek harder. Ze draaide en walste.

'Oma, uw thee staat klaar!' schreeuwde Klaartje.

'Ik wil geen T.'

'Ik heb uw tafel en krukjes afgestoft. Ik heb uw planten water gegeven. Ik heb...'

'Doe de deur dicht als je weggaat. Dag kind.'

Terug liep Klaartje. Met een scheur in haar rok en een vlek op haar jas. Voorbij de regenton. Langs de kale groentetuin. Langs de schapen en de geit. Langs de perenboom, de pruimenboom en de kersenboom. Door het gras. Tussen doornen en distels. Door donkere modder en over stomme stenen. Oma had weleens 'dank je wel' mogen zeggen.

Thuis vertelde Klaartje over oma Mo.
'Oma Mo is vreemd', zei mama. 'Wat wil je ook, ze woont daar zo alleen. Had ze maar een lieve man.'

Dagen en nachten gingen voorbij. Klaartje dacht niet meer aan het huisje op de heuvel. Of toch... Als ze 's nachts in bed lag en heel, heel goed luisterde, dan hoorde ze de muziek. Ze werd er droevig van.

## Alamo in ons land

Het werd zomer. De winter leek al een lange tijd geleden. Dag-
pauwoogvlinders fladderden rond de distels. Het was veel te

mooi weer om binnen te blijven. Klaartje merkte het niet. Ze zat
aan de ontbijttafel met de krant. Er stond een hoofd op de voor-
pagina. Het was geen gewoon hoofd. Het was het hoofd uit het
boek. Het was het hoofd van de muur. Alamo, het was Alamo.
Echt waar!
'Alamo in ons land' was de kop boven het hoofd.

# Alamo in ons land

Zanger Alamo is al meer
dan drie maanden in
ons land. Hij logeert bij
prinses Katharina Adelbertha Klara
von Pompoen.

**'ALAMO SCHREIBT EIN LIED VOR MIJ.'**
**Aldus prinses Pompoen**

'Ik heb Alamo verzocht, om vor mij ein lied te schreiben. Het
wordt een prachtig en wonderbaarlijk lied, want het gaat over
mij. Alamo bleibt hier tot het helemaal af is.'

Oma Mo kreeg nooit post op de heuvel. En zeker geen krant. Maar Alamo, haar Alamo was in het land! Klaartje kon oma echt blij maken. Deze keer moest het lukken met die foto. Snel naar buiten! Ze deed een fles wijn in haar tas, een tros bananen en de krant. Opnieuw klauterde ze naar boven, de heuvel op.

De deur van het huis stond open. Er was toch niemand voor wie hij dicht moest blijven. Boven klonk muziek.
'Oma, ik ben het!' Klaartje stormde de ladder op.
Oma Mo lag op de matras vol vlekken, onder een deken van gebreide lappen. Ze had nog steeds de rode jurk aan!
'Wat kom je doen, Knipkind?' vroeg ze.

Snel pakte Klaartje de krant uit haar tas. 'Mevrouw oma, Alamo is in het land.

Kijk maar. Hij logeert bij prinses Katharina Adelbertha Klara von Pompoen.'

'Wat zeg je daar? Is mijn Alamo in het land? En hij logeert bij wie?'

Oma griste de krant uit Klaartjes hand. Haar hoofd bewoog snel van links naar rechts. Klaartje pakte haar fototoestel, maar oma Mo keek niet vrolijk. Ze keek meer alsof ze een moeilijk raadsel moest oplossen.

'Ik weet niet of ik boos moet zijn of blij', zei ze ten slotte. Ze kroop uit bed.

'Nadenktijd. Lust je thee, kind?' Ze gingen naar de kamer. Oma Mo scheurde een stuk uit de krant. Ze smeet het tussen het smeulende haardhout.

Ze gooide wat takken in de haard en pookte de vlammen op.

Het hoofd van prinses Katharina Adelbertha Klara von Pompoen knetterde in het vuur. En dat was niet netjes!

'Oma, het is veel te heet voor de open haard', zei Klaartje.
'Niets is te heet voor Pompoen', zei oma.
Ze dronken thee uit lege potjes. Oma Mo staarde in de vlammen.
Dacht ze na over Alamo en prinses Pompoen?
'Oma, bent u verliefd op Alamo?'
Oma Mo keek Klaartje aan. Ze stond op. Ze pakte een groene ge-
breide tas, een klosje goudgaren en een naald en schaar. Zwijgend
liep ze naar de sofa. Ze ging zitten en begon te borduren met
kleine steekjes. Urenlang. Klaartje wist niet wat ze moest doen.
Was oma Mo boos? Moest ze blijven of weggaan? Wat was het
hier warm! Ze viel bijna in slaap. Soms, als ze haar ogen half
opendeed, zag ze oma Mo en het puntje van haar tong.
'Plof!
Klaartje schrok. Er bonkte iets tegen haar hoofd. Het was de
groene tas.
'Zo, kijk hier maar eens goed naar, meisje Knip!'

'Oma Alamo?' vroeg Klaartje.
'Ja', zei oma Mo. 'Noem me voortaan maar oma Alamo.'
'Maar oma Mo...'
'Wie me nog één keer oma Mo durft te noemen, krijgt een klap met zijn eigen wandelstok!'

## Oma Alamo

'Ik wil u zo graag helpen, oma', zei Klaartje. 'Ik heb iedereen in het dorp al geholpen, behalve u.'
'Helpen, helpen', mompelde oma Alamo. 'Ik ben de prinses niet.'
Ze keek Klaartje vreemd aan. 'Goed, als je me zo nodig helpen wilt, dan mag je me helpen. Jullie gaan met mij mee, kind, dat fototoestel en jij.'
'Waar naartoe?'
'Naar prinses Pompoen. Jij moet een foto maken, van Alamo en mij.'
Een foto... dus toch. Klaartje zuchtte.
Ze zuchtte voor de foto en ze zuchtte voor de prinses.
Oma Alamo keek in de kast, onder de sofa en achter de broodtrommel.
'Ik haat die Pompoen', mompelde ze.
Klaartje schrok. 'Haten is niet netjes', zei ze.
Oma zei niets. Klaartje hoorde haar stem alleen nog in haar hoofd, maar dan drie keer zo hard!

haat!
← haat!
haat!

'Tingelingeling!' zei oma Alamo. 'Je moet iets voor me doen, kind. Hou maar wijd open.' En ze duwde de groene tas tussen Klaartjes knieën.

Dit ging erin:

Een bijl

Een touw met
een haak

Een pannetje heel
oude soep

. huh?

Ze liepen naar buiten. Oma haalde Olly van stal. Ze klom erop.
'Hoe kom ik op het paard?' vroeg Klaartje.
'Olly is te oud om jou ook nog te dragen. En je hebt een zware tas
bij je... Loop maar achter ons aan.'
Klaartje snapte het wel, maar leuk was het niet.

Eerst de heuvel af.

En dan de heuvel op.

Ze deed het niet voor niets. Straks had ze een foto van een lachende oma Alamo. En heel misschien... een foto van de prinses.

Oma had last van de hitte, want ze zei hele rare dingen. Waren ze al maar boven! Gelukkig, daar zag ze de torens al. Uit een van de torens klonk een lied.

'Daar zingt Alamo!' juichte oma Alamo.
'Hij zingt vals!' zei Klaartje, maar oma luisterde niet.
'Oma, wat betekent *la plwie*?'
'Regen, Knipkind.'
'Regen?' Alamo is een rare man, dacht Klaartje. Wie zingt nu over regen als de zon schijnt?

Oma Alamo lachte en dat was straks goed voor de foto.

# Inbreken

Het duurde niet lang of ze stonden voor het paleis. De muren waren van roze steen en de gouden torens glommen in de zon. Het was een sprookje.

'Geef me de bijl, meisje Knip!'

'Wat?'

'Geef me de bijl!'

'Wat wilt u daarmee doen? U krijgt hem niet...'

'Hoe durf je? Geef me die bijl!'

'Nee,' snikte Klaartje, 'ik wil iets bijzonders doen voor de prinses, maar wat heb ik aan een foto van een prinses zonder hoofd?'

een ?
voor...

'Jij denkt alleen maar aan jezelf!' Oma boog zich voorover. 'Ongehoorzaam Knipkind, geef me die tas!'

Razendsnel greep Klaartje de bijl uit de tas. Ze hield de steel met twee handen vast. Toen slingerde ze hem zo ver als ze kon de heuvel af. Hij kwam met een doffe plof neer. De steel brak in twee stukken.

'Nee!' gilde oma Alamo.

Er schoof een raampje open. Prinses Pompoen stak haar hoofd naar buiten.

'Wat is dat vor ein vreselijk kabaal?' zei het hoofd.
Klaartje klapte verrukt in haar handen. Dankzij haar bleef dat hoofd zitten waar het zat. Als dat niet iets bijzonders was!
'Daar heb je haar!' zei oma. Ze pakte de soeppan uit de tas.
'Hier, meisje Knip, omhooghouden en lachen! Vooruit, lach alsof het zondag is.'

Voor jou!

'Voor jou? Voor u zul jij bedoelen! Skeer je wek! Wekwezen! Land-
lopers, gespuis!' riep de prinses. 'Denk je nu echt dat ik de poort
opendoe vor soep of bananen!' Met een klap smeet ze het raampje
dicht.
'Ach ach ach ach!' zei oma Alamo.
'Nu is de prinses boos', zei Klaartje. Ze liet de pan half zakken. De
soep stonk en niet zo'n klein beetje! Ze keek nog eens goed naar
het pannetje.
'Maar oma, dat is mijn soep van vorig jaar!'

'Kijk nu wat je doet, dom kind. Die soep was goed genoeg voor
Pompoen.'
Klaartje veegde met beide handen over haar jurk.
'Ik zie er afschuwelijk uit', snikte ze. Ze keek naar de hoge toren.
'La la la la plwie', zong Alamo.
'Hou op!' schreeuwde Klaartje. Haar hoofd zat vol met tranen.
Het was niet alleen om de soep. Het was om alles. Het was om de
regen in de zonneschijn.
'Ssst!' fluisterde oma. 'De prinses mag niet weten dat we hier nog
zijn.'
'Waarom niet?'
'We gaan stiekem naar binnen.'
'Hoe dan, oma?'

'Door het raam.'
'Door het raam? Wilt u inbreken? Dat is vast niet netjes.'
'Ach.'
Klaartje deed de tas weer op haar rug.
'Mag ik op het paard, mijn buik doet pijn?'
'Niet met die soepjurk, kind!'
Ze liepen om het paleis heen.

'Er staat nergens een raam open,' zuchtte oma, 'en dat bij deze hitte. Alleen dat kleintje daar. Maar daar kunnen we net niet bij.' Ze wees naar een raampje, niet zo hoog in een muur. Er hing een kanten gordijntje voor dat zacht wiegde in de zomerwind. Onder het raampje hing een vlag.

'Mmm...' zei oma. Ze keek naar de vlaggenmast. 'Ik heb een goed idee.' Ze sprong van het paard. 'Kom eens hier, kind.' En ze pakte het touw met de haak uit de tas.

Oma's idee:

# Klaartjes idee:

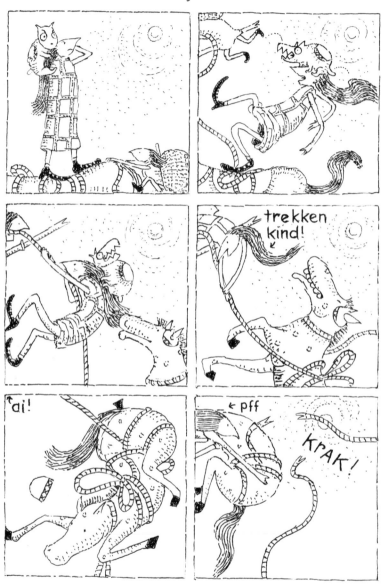

Ze waren binnen. Ze stonden in een gang met wel twintig deuren. Aan het einde van de gang was een wenteltrap. Klaartjes mond viel open. Nog nooit had ze zoiets raadselachtigs gezien. Aan de muren hingen planken met potjes, kandelaars, trommels, blikken, doosjes en glazen. En alles, ja echt alles had een gezicht. De gezichten waren overal. Het waren er minstens duizend. Grote, dikke, kleine, piepkleine, bolle, magere, langgerekte en korte gezichten. Er stonden gezichten op het tapijt, op de muren, op het plafond en zelfs het lampje in de gang had een gezicht. Oma bewoog niet meer.

'Oma, wat is er?'

'Die gezichten!

'Wat bedoelt u?'

'Kijk dan, het is Alamo!' zei oma. 'Dat is niet normaal! De prinses is niet goed snik!' Klaartje rilde. De gezichten leken griezelig in het halfdonker. Ze staarden haar aan. Van opzij, van boven, van onderen. Ze wiegden heen en weer en zongen. Heel zacht. '*La la la la plwie, la la la cette nwie.*' De lala's gingen omhoog en omlaag, maar ze klonken allemaal even vals.

'Luister', fluisterde oma. 'Daar zingt Alamo. Kom mee!' Ze greep Klaartje bij de arm en stoof de gang door. Klaartje hield haar niet meer bij. Ze viel. Oma liep de trap op met haar kin ferm vooruit.

'Kom, Knipkind, schiet op met dat fototoestel!'

'Maar Olly dan, oma?' Oma antwoordde niet. Klaartje gooide de tas van haar rug. Er was maar één ding dat ze kon doen.

Boven Klaartje klonk het geluid van een schoen en een slof. Klik slof, klik slof... Steeds zachter. Hoe hoger ze klom, hoe luider en valser de muziek klonk. Ze had nog nooit zo lelijk over regen... en nog iets horen zingen. Plotseling werd het stil. Klaartje klom verder, voetje voor voetje. Tot ze niet verder kon. Ze stond voor een zwarte deur.

Was oma hier naar binnen gegaan? Ja, dat moest wel!

Klaartje klopte aan. Ze hoorde alleen het gehijg van de dieren en het bonzen van haar hart. Ze drukte haar oor tegen de deur. Het bleef doodstil daarbinnen.

'Oma!' Voorzichtig duwde ze de deur open en keek om zich heen. Ze voelde een ijskoude windvlaag. Wat een akelige kamer! Ze zag geen enkel blij gezicht. Alles was zwart. De muur, het plafond, de vloer. Het enige licht kwam van een raampje boven een zwarte piano. Behalve de piano was er niets. Waar was oma? Waar was Alamo? Konden ze zomaar in een lege kamer verdwijnen?

n...niet bang zijn Olly

Daar lag toch iets op de grond, vlak bij de piano. In het donker kon je het bijna niet zien. Het leek op een dier met een lange, rode tong. Eerst bewoog het ding een beetje. Toen begon het te kronkelen als een slang. Het gromde en rochelde.

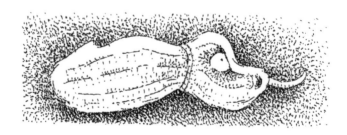

Klaartje sloop dichterbij. Nu zag ze het pas. Het was een jute zak met een koord. Er stak een rode slof uit. Die was van oma. Oma zat in de zak! Klaartje hurkte en trok aan het koord.
'Oma!'
'Li Vla Aammmm', murmelde de zak.
Achter de piano dook een zwarte schim op.
'Hé!' riep Klaartje. Van schrik tuimelde ze om. Ze voelde een harde tik op haar hoofd.
'Lichthart, val aan!' brulde de zak. Toen werd het donker.

Het was nog steeds donker toen Klaartje weer wakker werd. Ze bonkte op en neer in iets stoffigs. En het was warm en benauwd. 'We ssitte in een ssak!' siste oma Alamo. 'Wie denk je dat daarboven aan het zingen was? Doctor Andus Kromrug! Ik kreeg een klap op mijn kop toen ik die kamer binnenkwam.'

'Ik ook', zei Klaartje. 'O, mijn hoofd!'

'Het is de schuld van Lichthart', zei oma. 'Het is een waakhond van niks.'

Die rrrrothond!

Het gebonk hield plotseling op.
'Stilte daarbinnen!' zei de prinses.
'Waar is Alamo?' vroeg oma Alamo.
'Alamo is hier niecht meer!'
'Laat ons eruit, prinses!' zei Klaartje. 'Ik heb uw hoofd gered!'
'Bovenste toren links', krijste de prinses.
'We hebben haar alweer boos gemaakt', zei Klaartje.
Ze bonkten verder. Doctor Andus Kromrug deed alsof hij op een toonladder liep. Op iedere tree zong hij een toon. Van laag naar hoog en van hoog naar laag.

'Do re mi fa sol la ti do
Do ti la sol fa mi re do!'

'Schei uit met zingen, Kromrug, je kan het niet!' riep oma.
Het werd ijzig stil. Toen viel de zak met een dreun op de grond.
Een deur knalde dicht. Een sleutel knarste in het slot.
'Nu hebben we Doctor Andus ook nog boos gemaakt', fluisterde Klaartje. Angstig kroop ze uit de zak. Ze keek om zich heen, maar er was niemand.
Deze torenkamer was zo hoog, dat ze de toppen van de bomen niet meer kon zien. Tussen twee halfronde ramen stond een grote spiegel. Aan de andere kant, aan de muur, hing een plank. Daarop wiebelde een gouden kandelaar met een stompje kaars. Naast de plank stonden twee kasten. Een vriendelijke roze kast, met een sierrand van Alamogezichtjes, en een zwarte kast, waar je kippenvel van kreeg.

'Ik heb honger', zei oma. Ze stak haar hoofd naar buiten. 'Als jij dat pannetje niet had laten vallen, meisje Knip, dan hadden we nu soep gehad. Waar zijn de bananen?'

'In de tas.'

'En waar is de tas?'

'Ergens onder aan een trap.'

'O nee, dom kind.'

Oma draaide haar rug naar haar toe. Klaartje begroef haar neus in haar soepjurk. Ze snikte.

'Hou op!' zei oma. Ze draaide zich om. 'Denk je dat dat gejammer ons helpt?'

Oma had gelijk. Huilen hielp niet. Ze moest flink zijn. Ze had traanogen en een druipneus. Waar kon ze die aan afvegen? Onder de boekenplank bungelde een lap. Wat zat daar achter? Bah! Een plakkerig rooster met een hangslot.

En de lap voelde nog viezer dan haar gezicht. Ze sloop naar de roze kast. Misschien lag daar iets in. Ze draaide de gouden sleutel om. Voorzichtig opende ze de deur. Nee, dat kon niet waar zijn... Daar waren planken vol jurken en schoenen. Jurken in het paars, rood en groen en schoenen met gouden hakjes. Ze schitterden haar toe en alles rook zo heerlijk! Op de bovenste plank lag een droom van een jurk. Een zilverwitte met gouden kroontjes. Ze ging op haar tenen staan. Ze kon er net bij. Ze voelde met haar wijsvinger. Heel even maar. Die jurk was zo zacht als een poezenvelletje.

'Trek dat ding aan!' zei oma.

'Maar oma! Dat is niet netjes. Het is wel de jurk van een prinses!' Oma griste de jurk van de plank. 'Hier, trek aan! Je stinkt naar oude soep!'

Ze dook in de kast. 'Ik pas er ook een', zei ze. Ze koos een oranje jurk met witte kroontjes.

Even later stonden ze te draaien voor de spiegel. Klaartje voelde zich zo prinsheerlijk, dat ze oma helemaal vergat. Klaartje heette geen Klaartje meer maar Klara Adelbertha Katharina von Pompom. En ze zat voor het raam van hotel 'Kaatje aan de sluis' met thee en een bonbonnetje.

Oma plofte op de grond.
'Ik moet Alamo vinden', zei ze. 'Hij moet hier ergens zijn.'
Klaartje schrok. Ze was weer gewoon Klaartje. Ze keek naar oma.
Wat zag die er vreemd uit in haar oranje jurk met kroontjes!
Klaartje ging naast haar zitten.
'Nee, oma, Alamo is hier niet meer. De prinses heeft het zelf gezegd. En prinsessen jokken niet.'

Ze leunden een tijdje zwijgend tegen de muur. Buiten werd het donker. Er was geen maan.
'Steek de kaars eens aan', zei oma.
'Waarmee?'
'Geen idee, kijk eens in de kast.'
'Welke kast?'
'De zwarte natuurlijk.'
'Dat durf ik niet, oma!'
'Wat ben jij een bangerik, kind. Moet ik dan overeind komen met mijn knobbelknieën? Straks is het helemaal donker.'

'Ik ga wel', zei Klaartje. Er was iets met die kast. Iets wat je niet met woorden kon zeggen, maar het voelde niet goed. Op haar tenen sloop ze ernaartoe. Misschien hoorde dat boze haar dan niet. Wat boos? Wie? Waarom had ze zulke stomme gedachten? Het was gewoon een kast met jurken en schoenen. Ja, natuurlijk! Aarzelend draaide ze de zwarte sleutel om. De deur kraakte. Voorzichtig keek ze door de kier...

'Ieeeeeehhh, oma!'
'Wat is er, Knipkind? Oma sprong op.
'Daar, oma! Op die plank. Een hoofd! Een los hoofd zonder neus en oren.'
Oma boog zich voorover.
'Het is een doodshoofd', fluisterde ze. Het hoofd lachte. Een lach die Klaartje al minstens duizend keer eerder had gezien.
'O, oma, wat erg voor u.'
'Wat bedoel je, kind?'
'Kijk dan, oma, die lach! De prinses heeft Alamo vermoord.'

'Welnee, kind', zei oma, maar ze trilde. En haar ogen stonden
raar. Ze ging weer op de grond zitten.
'Ga maar slapen. Hier, een zak voor onder je hoofd.'
Slapen? dacht Klaartje. Haar prinses was een moordenaar! Ze
bleef recht overeind zitten en luisterde naar ieder zuchtje en
krakje. Ze was zo moe. Al snel vielen haar ogen dicht.

De vloer kraakte. Klaartje deed haar ogen weer open. Daar stond
de prinses, vlak voor haar. Ze stampte met haar gouden hakje en
ze hield de bijl met de halve steel dreigend in haar hand.
'Lelijke dief!'
'Een dief? Ik?' zei Klaartje.
'Ja, jij hebt mijn jurk gesschtolen.'
'O, prinses, het spijt me zo!'
'Jij kan het toilet op met je schpijt!' raasde de prinses. Om haar
heen zweefden gezichten. Ze kwamen van alle kanten. Van boven,
van onderen, van opzij. Klaartje kende die gezichten. Het waren
mensen uit het dorp.

'Klaartje, Klaartje, Klaartje', fluisterden ze.
'Zwaai maar, lach maar', zei de prinses. 'Ze komen allemaal voor jou!' Ze hief de bijl tot boven haar schouders.
'Ze willen een foto. Een foto von Klaartje zonder hoofd.'
'Ma ma ma ma', zong Alamo vanuit de kast.
'Mama!' gilde Klaartje.

Klaartje schrok wakker. Waar ben ik? dacht ze. De prinses en de
gezichten waren verdwenen. Die droomjurk zorgde voor hele
nare dromen. Buiten scheen een mager zonnetje. Wat hoorde ze
daar? Daar zong echt iemand. Van heel dichtbij, maar nu zuiver
en mooi. Het waren de woorden uit haar droom.

'Ma ma ma ma mie.' Oma Alamo schoot overeind.
'Alamo!' riep ze. 'Ik hoor Alamo!'
'Hij leeft nog', fluisterde Klaartje. Oma kneep in haar wangen tot
ze blosjes kreeg. Toen rende ze naar het raam.
'Alamo!' Het zingen hield op. Uit een raam beneden verscheen
een hoofd. Het was het hoofd van de foto's. Het was het hoofd uit
de krant, maar dan zonder de lach.
'Help! Help!' riep het hoofd. 'Red me van die monsterlijke
prinses!'
'Alamo, o Alamo!' riep oma. Ze kreeg tranen in haar ogen. 'O, lieve
Alamo, kom snel boven!'
'Graag!' riep Alamo van beneden. 'Maar hoe kom ik omhoog?'

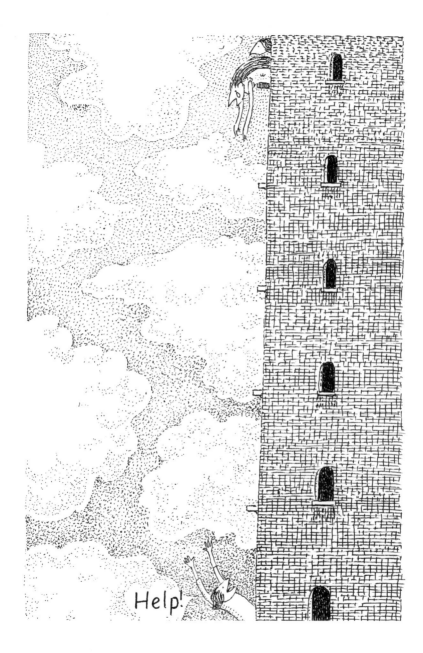

Help!

'Ik weet iets!' zei oma. Met grote stappen liep ze naar de roze kast. Ze graaide in de jurken en gooide ze op een stapel. Het was een glinsterende hoop van paars, rood en groen. Oma trok de jurken een voor een uit de stapel en knoopte de mouwen aan elkaar.
'Oma, dat is niet netjes! Die jurken zijn van de prinses.'
'Mooie prinses', zei oma. 'Ze heeft tegen ons gelogen.'

Ze gaf Klaartje een groene jurk met zilveren kroontjes.
'Help me liever met knopen. Begin jij maar aan het andere eind.'
Klaartje deed niets. Ze stond wat beteuterd te kijken met de jurk in haar handen. Haar prinses was dan wel geen moordenaar, maar wel een jokkebrok. En dat was bijna net zo erg.

Oma ging door tot ze een glimmend koord van jurken had. Ze keek van links naar rechts.
'Dit is nooit lang genoeg', zuchtte ze. 'Zelfs niet met mijn jurk en die soepjurk van jou.'
'Waar blijven jullie?' riep Alamo. 'Waarom duurt het zo lang?
'Ik heb alweer een goed idee', zei Klaartje. 'Al is het dan niet netjes.'

'Vlieg op met je "alweer een goed idee"', zei oma Alamo. 'Het is hetzelfde idee als gisteren, maar dan op zijn kop!'

Toen Klaartje en oma weer naar binnen klommen, lag Alamo te snikken op de vloer.

'De prinses is...' Zijn schouders schokten op en neer. Oma Alamo knielde en streek door zijn haar.

'Zeg het maar, jongen, wat is de prinses?'

'De prinses is knetter. *Fou a lier!*'

'Zei ik het niet!'

'Ze houdt me gevangen tot ik een lied heb gemaakt, alleen voor haar. Maar na drie maanden heb ik nog maar vier woorden.'

O prinses
Pompoen poen

'Ik weet niet of ik boos moet zijn of blij', zei oma. 'Maar nu moet je eerst even lachen, Alamo. Het is voor een foto... Klaartje!'

'Die foto komt straks wel', snikte Alamo. 'Daar ben ik nu te treurig voor. Hebben jullie honger? Hier is stokbrood, kaviaar, water en wijn.'

'Wijn?' juichte oma.

'Ik heb heerlijk gegeten', zuchtte oma een poos later. Ze nam het laatste slokje wijn. Ze stond op en waggelde naar de zwarte kast.

Ze zwaaide de deur open.
'Ik wist wel dat de prinses gek was. Wie heeft nu zoiets in zijn kast staan?' Ze wees naar het doodshoofd en schaterde.
'Oma, hou op!' riep Klaartje.
'Dat is niet van de prinses', zei Alamo.
'Niet?' zei oma.
'Nee,' fluisterde Alamo, 'dat is van Doctor Andus Kromrug. Hij verzamelt ze.
Het is niet normaal!'
Klaartje gilde. En oma werd kwaad. 'Kom op! Doctor Andus is een dokter. Het is toch niet zo raar dat hij die dingen verzamelt. Lachen! Jullie moeten lachen!' Ze trok een gek gezicht. 'Je weet wel, pret, lol, *cheese*!' Ze trok aan Klaartjes arm. 'Schiet op! Ik wil nu een foto!'

Vlieg op met
die foto!

Ach
ach
ach
ach!

'Wij hebben geen tijd voor een foto', zei Alamo. 'Ik wil hier weg.
Zo snel mogelijk. Weg uit dit paleis, weg van de prinses!'
'Ja, dat wil ik ook', riep Klaartje.

'Maar hoe?' vroeg Alamo.
Klaartje wees naar de lap.
'Mischien daarlangs?'
'Waar?'
'Daaronder, kijk maar.'
Alamo tilde de lap op. 'Een rooster!'
'Maar het zit op slot!'
'Niet lang meer!' Alamo omklemde de spijlen met twee handen en trok uit alle macht. Zijn gezicht was net een ballon. 'Helaas, het zit muur- en muurvast.'

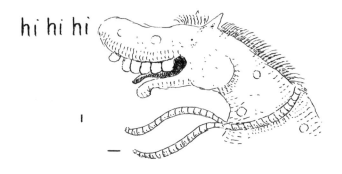

hi hi hi

'Zelfs met dat edele dier gaat het niet lukken. Hiervoor zijn wel tien paarden nodig', zuchtte Alamo.
'Vooruit dan maar', zuchtte ook oma Alamo. Ze draaide met haar knobbelknieën, nam een aanloop en ramde met een trap het rooster uit de muur. Het viel een heel eind naar beneden. In de muur zat nu een zwart gat.

'Ga jij maar eerst, meisje Knip', zei oma. Klaartje boog zich be-duusd voorover.

'Wat is het donker daarbinnen! Zit... zit er wel een vloer in dat gat?'

'Je hebt dat rooster toch horen vallen?'

'Ik heb lucifers', zei Alamo. Hij stak het stompje kaars aan en gaf de kandelaar aan Klaartje. Ze scheen naar binnen, maar zag alleen een schaduw tegen de muur.

'Ik hoor vreemde geluiden beneden', zei ze. 'Ik weet niet of ik wel durf.'

'Toe, Knipkind!' zei oma en ze nam opnieuw een aanloop.

Klaartje viel. Boink! Au! Boven op het rooster. De grond trilde. Het gat was zeker twee meter diep.

'Wie heeft me geduwd?' brulde ze.

'Wat is daar beneden?' galmde de stem van oma.

'Ik weet het niet. Het is zo donker en de kaars is uit.'

'Hier zijn de lucifers', riep Alamo. Het doosje plofte op de grond. Klaartje tastte in het donker. Met bibbervingers stak ze de kaars weer aan. Ze scheen met het vlammetje langs de muur.

'Hé!' riep ze. 'Hier is een tunnel! Oma, hier is een tunnel!'
'Een geheime tunnel', juichte Alamo. 'Iedereen naar beneden. Na u, mevrouw Alamo...'

Klaartje voelde de hete adem van Olly in haar gezicht. Ze hoestte. Ze kreeg bijna geen lucht meer. Het leek net of de tunnel steeds smaller werd. Waarom moest zij helemaal achteraan? Na een paar meter hield Alamo plotseling stil.

'Hier staat een ladder!'

'Waar gaat die naartoe?' vroeg oma Alamo.

'Ik weet het niet. Beneden is het ook donker. Zal ik weer vooropgaan?'

'Nee, we gaan samen.'

'Samen? U en ik?'

'Ja, jij moet me dragen!'

'Dragen?'

'Ja, jongen, want ik heb oude botten.'

'En Olly dan, oma?' riep Klaartje.

'Die moet jij dragen.'

'Ik? Hoezo!'

'Jij bent jong en ik heb van die...

'Knobbelknieën! Knobbelknieën!' gilde Klaartje. 'Knobbelknieën of geen knobbelknieën, u bent zo sterk als tien paarden. Draag uw eigen dier maar. Ik doe het niet!

'Wat ben jij een verknipt kind!' zei oma Alamo.

De ladder kwam uit in een lange, smalle kamer. De muren waren bezaaid met muzieknootjes. Klaartje sprong naar beneden en drukte de droomjurk stijf tegen haar neus.

'Wat stinkt het hier!'

Er stond iets tegen de muur. Het waren rare bleke bollen in doorzichtige kastjes.

'Oma, wat zijn dat?'

'Het is... het is niet waar', stamelde oma. Zelfs in het donker leek haar gezicht opeens wit. 'Alamo, hou de kaars hier eens bij.'

Alamo scheen met de vlam langs de muur. De bollen lichtten spookachtig op.

'De doodshoofden van Doctor Andus Kromrug!' fluisterde oma.

'Hij... hij heeft ze vermoord', stotterde Klaartje. 'Op 1 april, 13 mei en 14 juli.'

'Dat kan niet', zuchtte oma. 'Saks, Orgel en Snaar, dat zijn beroemde zangers van heel lang geleden. Toen die begraven werden, was Kromrug nog niet eens geboren.'

'En die data dan, oma?'

'Toen heeft hij ze vast opgegraven.'

'Ieieieieh!' gilde Klaartje.

'Rustig, kind', zei oma. 'Hij spaart blijkbaar beroemde oude zanghoofden. Zo heeft ieder zijn verzameling.'

'Dat laatste kastje is leeg', hijgde Alamo. *'Fou a lier*, dat is voor mijn hoofd!'

'Natuurlijk niet!' zei oma. 'Dat is voor dat hoofd in de kast.' Maar Alamo luisterde niet.

'Hier jij!' Hij greep Olly bij de manen en sprong op het paard.

'Ju!' Alamo schopte driftig met zijn hakken. Olly steigerde. Met zijn benen maaide hij de deur plat. Dwars door het rondvliegende hout buitelde hij naar buiten. Als een veulen bokte hij door een gang die net zo breed was als een metrostation. Alamo stuiterde op en neer, maar hij hield zich stevig vast. Toen begon Olly te draven.

'Alamo, kom terug!' gilde oma Alamo. 'We moeten bij elkaar blijven.'

'Ik ben er nog', zei Klaartje.

'Wat heb ik daaraan?' snauwde oma. 'Ik zie net mijn foto weggalopperen.'

Ze rende in de richting waarin Olly en Alamo waren verdwenen.
Ze zwaaide wanhopig met haar armen.
'Ze kunnen overal zijn. Links, rechts, boven, beneden. Hier zijn
wel duizend gangen en trappen. Maar wacht eens...' Ze stoof
terug en dook op de grond.
Ze maaide woest door het paardenhaar dat overal tussen de
planken lag. Ze hield een pluk haar onder de neus van Lichthart.
'Lichthart, zoek Olly!'
Lichthart snuffelde aan het haar. Hij stak zijn neus in de lucht en
jankte. Toen trippelde hij naar een trap.
'Kom, Knipkind', zei oma. 'Erachteraan!'

Ondertussen dwaalden Alamo en Olly door het paleis.
'Als ik hier levend uit kom, dan wil ik mijn eigen hoofd nooit
meer zien!' zei Alamo.

'Ik hoor Olly hinniken', zei oma Alamo. 'Ik dacht eerst dat het van boven kwam, maar het komt van beneden.'

Die kant op!

Ieh!

grrr

Maar...

'Oma, ik zal u redden', gilde Klaartje.

De prinses verloor haar evenwicht en stuiterde de trap af.

Ze smakte tegen de grond. Ze bewoog niet meer.

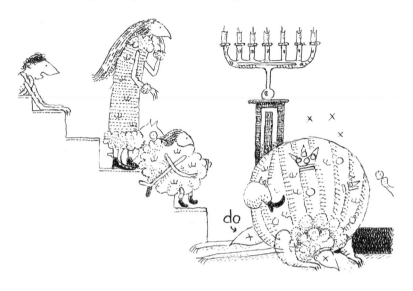

'Dat was niet mijn bedoeling', zuchtte Klaartje.
Alamo danste de trap af.
'Mevrouw Alamo, u hebt mij gered! Hoe kan ik u belonen?'

Nee, ik heb je gered!

'Ik wil een foto. Hier! Nu! In het paleis van Pompoen. Een foto van jou en mij samen.'
'U bent vast de allerliefste oma onder de sterren', zei Alamo.
Oma Alamo kreeg blosjes.
'Vooruit, kind, jouw beurt. Maak een foto!'

Net op dat moment kwam de prinses weer bij. Zo zagen de foto's er later uit:

En zo oma Alamo en de prinses:

'Het is net alsof ik mijn eigen heuvel heb beklommen', kreunde de prinses. 'Ik voel me moe en onwel. Kom, Alamo, zieng vor mij!'
Ze keek om zich heen.
'Wo is Alamo?'
'Waar is Alamo?' gilde oma Alamo.

'Daar!' kreunde Doctor Andus Kromrug.

Daar reed Alamo, op Olly. De heuvel af. Over hobbels en door kuilen. Over bulten en door gaten. Dwars door een bloembed.
'Alamo, kom terug!' smeekte de prinses. 'Ik wil nog ein lied!'
'Alamo, kom terug!' snikte oma Alamo. 'Ik wil nog een foto!'
'Boehoe!' snikte Doctor Andus Kromrug. Niemand wist waarom.
Het waren geen foto's voor Klaartjes blijegezichtenboek.

'Alamo is wek!' snikte de prinses.
'Het is verschrikkelijk!' snotterde oma Alamo.
Toen ze een tijdlang hadden gehuild, droogden ze elkaars tranen.
'Wil jij T?' snikte prinses Pompoen.
'Graag', snufte oma Alamo.
Even later dronken ze thee uit gouden kopjes. Ze praatten en ze giebelden...

'U bent een rotoma!' zei Klaartje.
Oma glimlachte alleen maar.
'Goed zo, meisje!' zei ze.
'Ach, kiend,' zei de prinses, 'jij mag mij best eens dragen von die heuvel naar het dorp, of von het dorp naar die heuvel.'
'Nee bedankt!' zei Klaartje. De prinses hoorde het niet eens. Ze kletste gewoon voort. Klaartje ging dan maar stilletjes weg.

Alamo en Olly kwamen nooit meer terug. Alamo stuurde wel een blije foto naar het postkantoor van het dorp. Klaartje mocht hem hebben, maar wat had ze eraan? Zij had dat gezicht niet blij gemaakt.

Op een dag ging oma Alamo met alles wat ze had – een T-pot, een groene gebreide tas, een fotoboek met een lege bladzijde, een bruine kast met wel honderd potjes met rode, gele en bruine drab, knotten wol in rood, wit en groen, een lege fles wijn, drie schapen, een geit, een oude regenton en nog wat dingen meer – heuvel af en heuvel op.

Prinses Pompoen had haar paleis versierd met wel duizend lichtjes. Uit een van de torens hing een vlag. Welkom! stond erop.

Maanden en jaren gingen voorbij. En oma Alamo bleef voorgoed bij de prinses.

In de zomer gaan ze nog vaak naar het oude huisje op de heuvel.

In april zaaien ze zaad, in juli plukken ze kersen, in augustus pruimen en in september peren.

En in de winter doen ze bijna niets. Op zondag drinken ze een kopje thee met een bonbonnetje bij 'Kaatje aan de sluis'. Oma Alamo met haar pink omhoog en prinses Pompoen met haar pink omlaag. En pas als iedereen in het dorp 'ooohh' en 'aaahh' heeft gezegd, gaan ze weer naar het paleis. Vaak zitten ze samen op de heuvel, zelfs als het regent, hand in hand.

Vandaag staat er alleen een bordje op de heuvel. Een bordje met een K. Hoezo K? Wat betekent alleen een K? Kakkerlakken, kruip-ziekte, kolderkop? Is er soms iets gebeurd met oma Alamo en de prinses? Moet Klaartje hen redden?

Ze denkt er niet aan. Geen haar op haar hoofd!

www.lannoo.com/kindenjeugd

© Uitgeverij Lannoo nv, Tielt, 2006
D 2006/45/427 – ISBN 10: 90 209 6752 5 – NUR 282
ISBN 13: 978 90 209 6752 4